MONTE-CARLO

Roulette & Trente et Quarante

MOYEN LE PLUS SUR

AVEC UN CAPITAL MINIME

DE GAGNER

PAR JOUR

depuis 25 francs jusqu'à 1600 francs

soit 576000 francs par An

Sans Calculs

LE JEU COMBATTU PAR LE JEU

Prix : 5 Francs

PARIS

Imprimerie VALÉRY, 12, Rue de Lancry, Paris

Roulette.

En présence d'une foule de théories,
et de combinaisons, dont malheureuse-
ment tant de joueurs ont reconnu tou
jours trop tard, les nombreux défauts.
nous avons pensé être agréables à toutes
les personnes qui s'occupent de jeu, en dé-
voilant dans cette brochure, un système
à l'aide duquel il est aisé de se faire
un revenu de vingt-cinq à trois
mille francs par jour, tout en ne ris-
quant qu'un capital très-minime, qu'
on ne peut même pas perdre.

Nous suivons avec assiduité la permanonce de la roulette de Monte-Carlo depuis plusieurs mois et jamais encore notre système ne s'est trouvé en défaut un seul jour.

Le présent système s'appuie sur une observation reconnue exacte par tous :

Dans un temps donné, la roulette aura fait sortir un nombre égal de boules rouges et de boules noires. On peut donc dire :

$$X \text{ rouges} = X \text{ noires}.$$

Pour que cette égalité de rouges et de noires se produise, il est nécessaire que l'une ou l'autre couleur augmente, décroisse, augmente de nouveau, etc., et ce là sans cesse.

Chaque fois que le nombre des boules rouges sorties sera inférieur ou supérieur à celui des noires, on dira qu'il y a écart.

tirons parti et sur lequel nous avons basé notre système.

L'écart peut être produit soit par la série soit par l'intermittence; il est donc indifférent de jouer sur l'une ou l'autre ; car de ce principe que x rouges = x noires, résulte cet autre principe, que x intermittences = x séries.

L'intermittence est produite par le saut d'une couleur à l'autre ; la série par la répétition de la même couleur.

Pour suivre notre système avec succès, le joueur devra avant tout limiter son gain ; aussitôt la somme qu'il s'est proposé de gagner est-elle atteinte, il devra se retirer du jeu. Nous avons adopté comme limite de gain, un nombre de cinq pièces (soit de cinq, de dix, de cent frs chacune et plus)

que nous nous proposons de gagner
journellement.

Il faudra se garder de jouer la Martingale
car au onzième coup on se trouve arrêté par
le maximum de mise de Monte-Carlo; on
se servira de préférence d'une progression
et voici la meilleure : Nous avons :

1°	10 pièces de 5 frs.	50 frs
2°	10 pièces de 10 frs.	100 frs.
3°	10 pièces de 20 frs	200 frs.
4°	10 pièces de 40 frs.	400 frs.
5°	10 pièces de 80 frs.	800 frs.

etc.   etc.   total 1550 frs.

Pour l'explication qui va suivre, nous
prendrons comme unité, la pièce de 5 frs.
et en bornant notre gain à cinq pièces par jour, ce qui nous donnera 25

francs, nous aurons réalisé avec un capital de 1550 frs, un bénéfice de 580 %
par an. Il est bien entendu que l'on
peut de la même façon prendre comme
unité, la pièce de 100 ou 200 frs, et bor-
ner son gain à 500 ou 1000 frs par jour.

Nous avons donc un capital de 1550 frs
nous permettant de jouer 50 coups.

Nous sommes loin de la Martingale
s'arrêtant au onzième coup avec une
perte de 12000 frs.

Dans les digressions qui précèdent,
il y a nombre d'axiomes, qu'il est utile
de ne pas perdre de vue, le joueur
étant porté à les oublier, nous les rap-
pelons pour l'intelligence de ce qui
va suivre.

Le tableau ci-dessous a été fait au hasard, mais les personnes qui voudraient se convaincre, pourront essayer notre système sur la permanence de Monte-Carlo, et en jouant soit la série, soit l'intermittence, elles arriveront toujours à un écart de cinq, limite désignée pour cesser le jeu.

Nous recommandons particulièrement aux personnes jouant notre système, d'arriver au commencement du jeu, car il peut arriver que l'écart de 5 se fasse attendre longtemps; dans ce cas, on a plus de boules à voir sortir.

Je vais attaquer la série, le choix est sans conséquence, tout-à-l'heure, je jouerai l'intermittence, et l'on verra que le résultat sera le même.

Que le lecteur veuille bien suivre tous les coups sur le tableau ci-joint:

La première boule sortie étant une rouge, j'attaque rouge, pour suivre la série.

Le croupier : Noire.

Je perds une pièce et je mise sur la Noire.

Le cr: Rouge.

Perd 2, une pièce sur Rouge.

Le cr: Noire

Perd 3... une pièce sur Noir.

Le cr: Rouge.

Perd 4, une pièce sur Rouge.

Le cr: Rouge.

Perd 3, une pièce sur Rouge.

Le 1er : Noire.

Perd 4, une pièce sur Noire.

Le 1er : Rouge.

Perd 5, une pièce sur Rouge.

Le 1er : Rouge.

Perd 4, une pièce sur Rouge.

Le 1er : Rouge.

Perd 3, une pièce sur Rouge.

Le 1er : Noire.

Perd 4, une pièce sur Noire.

Le 1er : Rouge.

Perd 5, une pièce sur Rouge.

Le 1er : Noire.

Perd 6, une pièce sur Noire.

Le 1er : Rouge.

Perd 7, une pièce sur Rouge.

Le 1er : Noire.

Perd 5, une pièce sur Noire.

Le cr :   Rouge.

Perd 9, une pièce sur Rouge.

Le cr :   Rouge.

Perd 8, une pièce sur Rouge.

Le cr :   Noire,

Perd 9, une pièce sur Noire.

Le cr :   Rouge.

Perd 10,   Attention !

J'ai perdu dix masses de une unité,
parce que la série se trouve en écart de
dix en moins. Pour que le principe que
l'intermittence les séries s'appliquent
la série pourra décroître encore, mais
elle devra remonter pour arriver à
égalité avec l'intermittence.

Le second massage est composé de dix

pièces doubles, soit de 10 frs. Nous ne
nous occupons pas des six pièces perdues,
Le dernier coup était rouge, nous jou-
ons une pièce double sur rouge.

Le cr :   Noire.

        Perd 1, une double pièce sur Noire.

Le cr :   Noire.

        Quitte, une d. pièce sur Noire.

Le cr :   Rouge.

        Perd 1, une d. pièce sur Rouge.

Le cr :   Noire.

        Perd 2, une d. pièce sur Noire.

Le cr :   Noire.

        Perd 1, une d. pièce sur Noire.

Le cr :   Noire

        Quitte, une d. pièce sur Noire.

    cr :   Noire.

Gagne 1, une pièce sur Noire.

Le cr : Noire.

Gagne 2, une d. pièce sur Noire.

Le cr : Rouge.

Gagne 1, une d. pièce sur Rouge.

Le cr : Rouge.

Gagne 2, une d. pièce sur Rouge.

Le cr : Rouge.

Gagne 3, une d. pièce sur Rouge.

Le cr : Rouge.

Gagne 4, une d. pièce sur Rouge.

Le cr : Rouge.

Gagne 5.

J'ai d'abord perdu 10 pièces de 5 frs, mais je viens de regagner 5 pièces de 10 frs, je suis donc à jeu, mais je veux gagner cinq pièces simples ; je recommence à

sur l'unité, c'est-à-dire 5 frs., de cette
façon j'aurai encore 50 coups à perdre
pour attendre l'écart de cinq.
Je continue : Une pièce sur la Rouge.
Le cr :   Rouge.

      Gagne 1. une pièce sur Rouge.
Le cr :   Noire.

      Quitte. une pièce sur Noire
Le cr :   Noire.

      Gagne 1. une pièce sur Noire.
Le cr :   Noire.

      Gagne 2. une pièce sur Noire.
Le cr :   Rouge.

      Gagne 1. une pièce sur Rouge.
Le cr :   Rouge.

      Gagne 2. une pièce sur Rouge.
Le cr :   Rouge.

Gagne 3, une pièce sur Rouge.

Le cr: Noire.

Gagne 2, une pièce sur Noire.

Le cr: Noire.

Gagne 3, une pièce sur Noire.

Le cr: Noire.

Gagne 4, une pièce sur Noire.

Le cr: Noire.

Gagne 5, Je m'arrête.

X J'ai gagné 5 pièces, c'est fini, le jeu a même duré assez longtemps. Il peut arriver que l'on gagne ses 5 pièces en quelques instants. En effet, si au lieu d'attaquer la série, j'avais eu la bonne idée de jouer l'intermittence, il aurait fallu moins de temps, mais le ré-sultat serait le même: Rouge sort, je mise sur Noire.

Le cr: Noire, Une pièce sur Rouge.

Le cr: Rouge. Gagne 2. une pièce sur N.

Le cr: Noire. Gagne 3. une pièce sur R.

Le cr: Rouge. Gagne 4. une pièce sur N.

Le cr: Rouge, Gagne 3. une pièce sur N.

Le cr: Noire. Gagne 4. une pièce sur R.

Le cr: Rouge. Gagne 5.

Je cesse le jeu, j'ai encore gagné mes cinq pièces, cette fois-ci beaucoup plus vite qu'avec la série.

Dans notre tableau modèle, il n'y a pas de zéro; s'il s'en présente, on ne devra pas en tenir compte, le coup est perdu et c'est la couleur sortie avant le zéro, qu'il faut considérer pour continuer le système. Il n'y a rien de change, ni au massage, ni à la couleur.

Comme on le voit, notre système n'exige aucun calcul compliqué, il ne demande qu'un peu d'attention.

Il est évident qu'une personne seule n'arrivera pas à faire sauter une banque, mais en revanche, elle jouera à coup sûr, et en commençant à jouer l'unité de 5 frs, le capital de 1830 frs était doublé en 60 jours, on jouera alors l'unité de 10 frs et ainsi de suite et l'on pourra au bout d'un an avoir gagné soixante mille frs.

Notre système peut également se jouer sur toutes les chances simples, comme pair et impair, rouge et noir, passe et manque etc.

Trente et Quarante.

Les règles posées plus haut s'appliquent entièrement au jeu de Trente et Quarante.

Comme à la Roulette, dans un temps donné, le nombre des rouges égale celui des noires, d'où il suit que les intermittences sont égales en nombre aux séries.

Nous renvoyons donc aux explications qui précèdent.

Fin.

Tableau.

	R.	N.			R.	N.

Intermittence gagne.

Série est quitte

Série gagne.

Série perd 10